Arroz con frijoles

...y unos amables ratones

POR **PAM MUÑOZ RYAN**

ILUSTRADO POR **JOE CEPEDA**

SCHOLÁSTIC INC.   New York Toronto London Auc
Mexico New Delhi Hong Kong E

Rosa María vivía en una casa chiquita, con un patio chiquito. Sin embargo, tenía un gran corazón, una familia grande y, sobre todo, le encantaba preparar grandes comilonas para su familia.

Su nieta más pequeña, Catalina, cumpliría siete años la semana próxima y la familia en pleno invadiría su casita.

A Rosa María no le importaba porque creía lo que su mamá solía decir: "Si hay lugar en el corazón, hay lugar en la casa, excepto para un ratón".

El domingo, Rosa María preparó el menú: enchiladas, arroz con frijoles (¡no había comida completa sin arroz con frijoles!), torta de cumpleaños, limonada y una piñata llena de caramelos.

Compró el regalo de cumpleaños: algo que la pequeña Catalina deseaba desde hacía tiempo.

Muy satisfecha con su plan, limpió debajo de la mesa para que no aparecieran ratones y por si acaso, sacó una ratonera. Estaba segura de que había puesto una la noche anterior, pero ahora no la podía encontrar. Quizás se había olvidado.

Cuando la trampa estuvo preparada, con el resorte listo para saltar, apagó la luz y se fue a dormir.

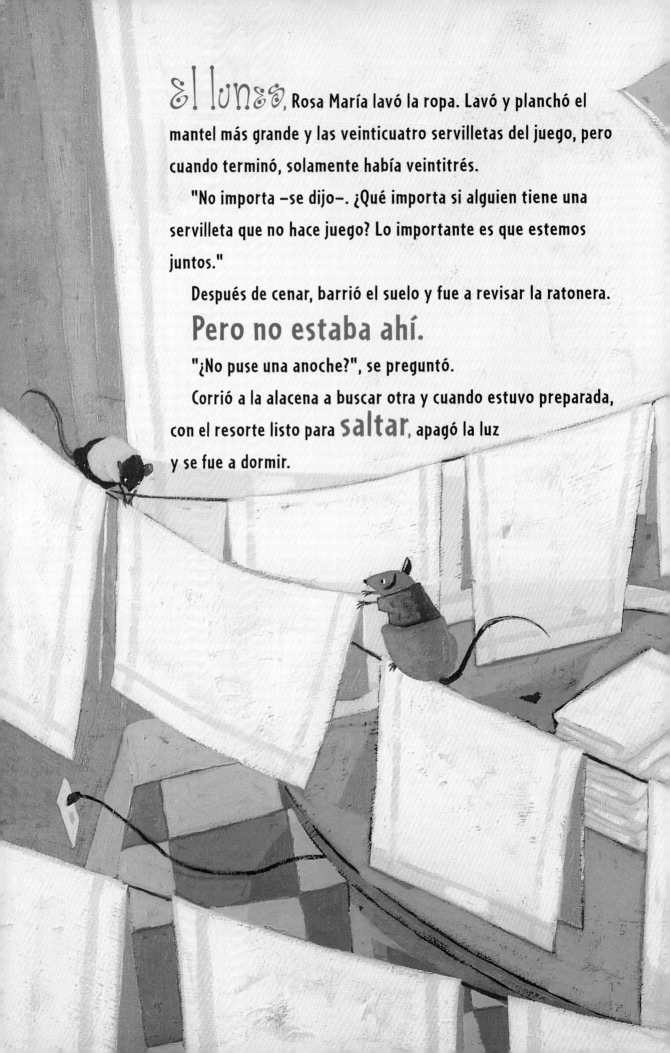

El lunes, Rosa María lavó la ropa. Lavó y planchó el mantel más grande y las veinticuatro servilletas del juego, pero cuando terminó, solamente había veintitrés.

"No importa –se dijo–. ¿Qué importa si alguien tiene una servilleta que no hace juego? Lo importante es que estemos juntos."

Después de cenar, barrió el suelo y fue a revisar la ratonera.

Pero no estaba ahí.

"¿No puse una anoche?", se preguntó.

Corrió a la alacena a buscar otra y cuando estuvo preparada, con el resorte listo para saltar, apagó la luz y se fue a dormir.

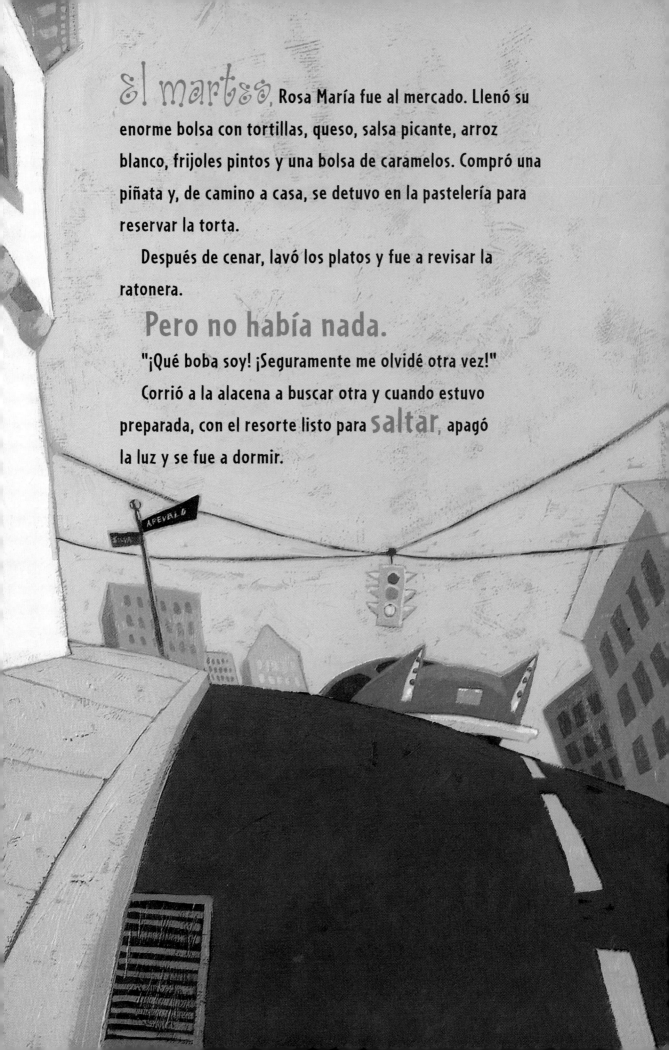

El martes, Rosa María fue al mercado. Llenó su enorme bolsa con tortillas, queso, salsa picante, arroz blanco, frijoles pintos y una bolsa de caramelos. Compró una piñata y, de camino a casa, se detuvo en la pastelería para reservar la torta.

Después de cenar, lavó los platos y fue a revisar la ratonera.

Pero no había nada.

"¡Qué boba soy! ¡Seguramente me olvidé otra vez!"

Corrió a la alacena a buscar otra y cuando estuvo preparada, con el resorte listo para saltar, apagó la luz y se fue a dormir.

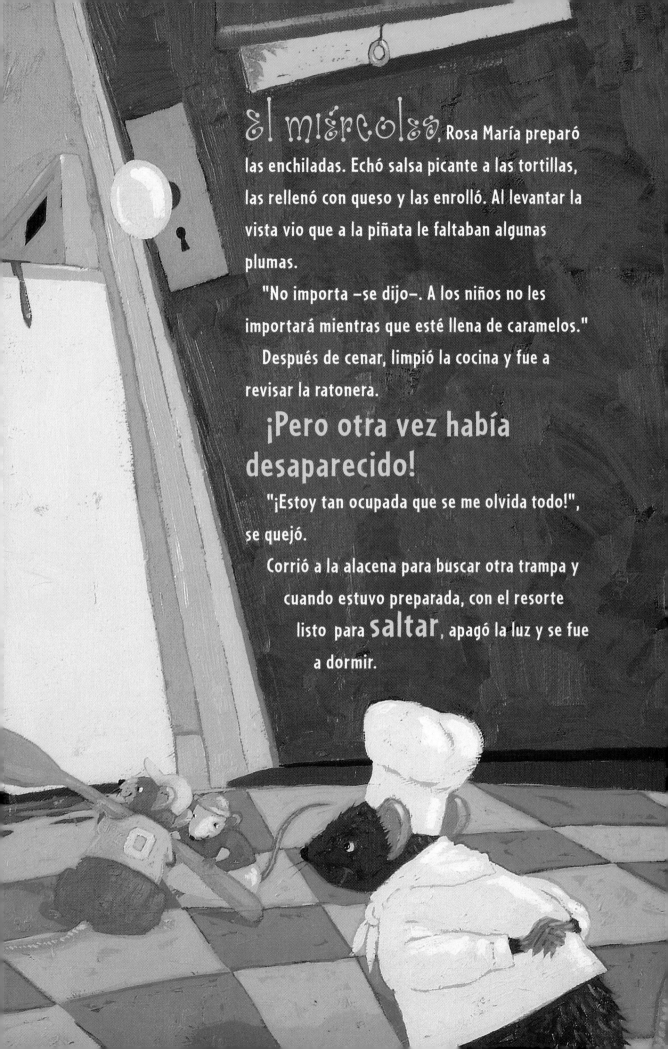

El miércoles, Rosa María preparó las enchiladas. Echó salsa picante a las tortillas, las rellenó con queso y las enrolló. Al levantar la vista vio que a la piñata le faltaban algunas plumas.

"No importa –se dijo–. A los niños no les importará mientras que esté llena de caramelos."

Después de cenar, limpió la cocina y fue a revisar la ratonera.

¡Pero otra vez había desaparecido!

"¡Estoy tan ocupada que se me olvida todo!", se quejó.

Corrió a la alacena para buscar otra trampa y cuando estuvo preparada, con el resorte listo para **saltar**, apagó la luz y se fue a dormir.

El jueves, Rosa María cocinó los frijoles. Buscó su cuchara de palo favorita, la que siempre utilizaba para cocinar los frijoles, pero no la encontró.

"No importa –se dijo–. Los frijoles sabrán igual de bien aunque use otra cuchara."

Añadió agua durante todo el día hasta que los frijoles estuvieron blandos y suaves. Después limpió la cocina y fue a revisar la ratonera.

¡Pero no estaba por ningún lado!

"¡Cielos! ¿Dónde tengo la cabeza?", se dijo.

Corrió a la alacena a buscar otra y cuando estuvo preparada, con el resorte listo para saltar, apagó la luz y se fue a dormir.

El viernes, Rosa María fue a recoger la torta y las siete velas, pero no pudo encontrar su bolsa grande antes de salir.

"No importa —se dijo—. Traeré la torta en una mano y las velas en la otra."

Mañana era el gran día. Rosa María sabía que no podía olvidar nada, así que repasó la lista cuidadosamente una vez más.

Después de cenar, cubrió la torta y fue a revisar la ratonera.

No podía creer lo que veían sus ojos.

¡La ratonera no estaba!

"Menos mal que tengo ratoneras de sobra."

Corrió a la alacena a buscar otra y cuando estuvo preparada, con el resorte listo para **saltar,** apagó la luz y se fue a dormir.

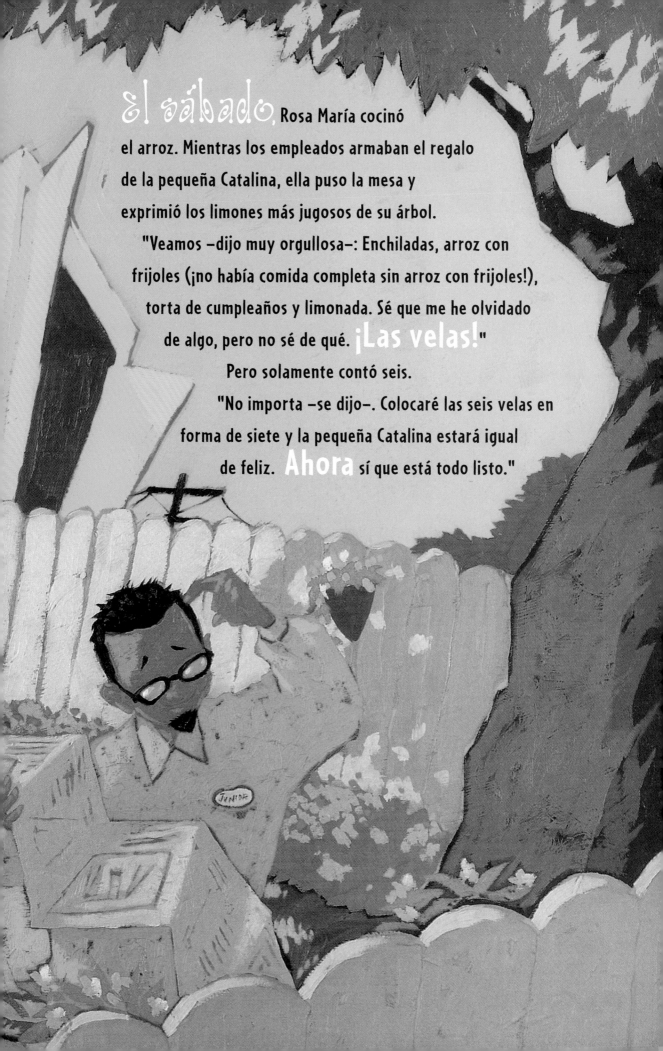

El sábado, Rosa María cocinó el arroz. Mientras los empleados armaban el regalo de la pequeña Catalina, ella puso la mesa y exprimió los limones más jugosos de su árbol.

"Veamos –dijo muy orgullosa–: Enchiladas, arroz con frijoles (¡no había comida completa sin arroz con frijoles!), torta de cumpleaños y limonada. Sé que me he olvidado de algo, pero no sé de qué. **¡Las velas!**"

Pero solamente contó seis.

"No importa –se dijo–. Colocaré las seis velas en forma de siete y la pequeña Catalina estará igual de feliz. **Ahora** sí que está todo listo."

Esa tarde, toda la familia de Rosa María inundó su pequeña
casita. Comieron las enchiladas y el arroz con frijoles.
Acabaron la limonada y devoraron toda la torta.

A la pequeña Catalina le encantó su regalo: ¡un columpio!
Cuando todos los primos lo habían probado, empezaron a gritar:
"¡La piñata, la piñata!". Corrieron hasta el nogal y
lanzaron una cuerda sobre
una rama alta.

¡Zas! ¡Zas! La pequeña Catalina trataba de darle con el palo a la piñata.

—¡Esperen! —gritó Rosa María al recordar lo que había olvidado. Pero era demasiado tarde.

¡Crack! La piñata se rompió y los niños se precipitaron para recoger los caramelos.

¿Cómo podía ser? Rosa María estaba admirada.

"¡La he debido llenar sin darme cuenta!"

Se rió por ser tan olvidadiza. Abrazó a su nieta y le dijo:

—¡Feliz cumpleaños, mi pequeña Catalina!

Cuando todo el mundo se marchó, Rosa María empezó a limpiar la cocina y se puso a pensar, muy satisfecha, en la fiesta. Vio de nuevo la cara alegre de Catalina cuando los caramelos cayeron de la piñata, pero Rosa María aún no podía recordar cuándo la había llenado.

"No importa –dijo–. Ha sido un día maravilloso."

Pero cuando Rosa María fue a limpiar la alacena, ¡descubrió rastros de ratones!

–¡Ratones! –gritó–. ¿Dónde están las ratoneras? ¡Las pondré todas!

Se agachó y, al hacerlo, algo llamó su atención.

Se acercó un poco más.

"Quizás yo **no** llené la piñata", pensó.

"¿Será posible? –se preguntó, mientras negaba con la cabeza–. ¿Me habrá ayudado alguien?"

Rosa María miró las sobras. Era demasiada comida para una sola persona.

¿Y qué solía decir su madre?

"Si hay lugar en el corazón, hay lugar en la casa... incluso para un ratón."

"¡Fíjate! –se dijo–. Durante todos estos años he recordado mal esa frase. Además, ¿cuántos puede haber? ¿dos? ¿cuatro?"

"No importa –se dijo–. No importa que algunos ratones serviciales vivan aquí también."

Entonces apagó la luz y se fue a dormir...

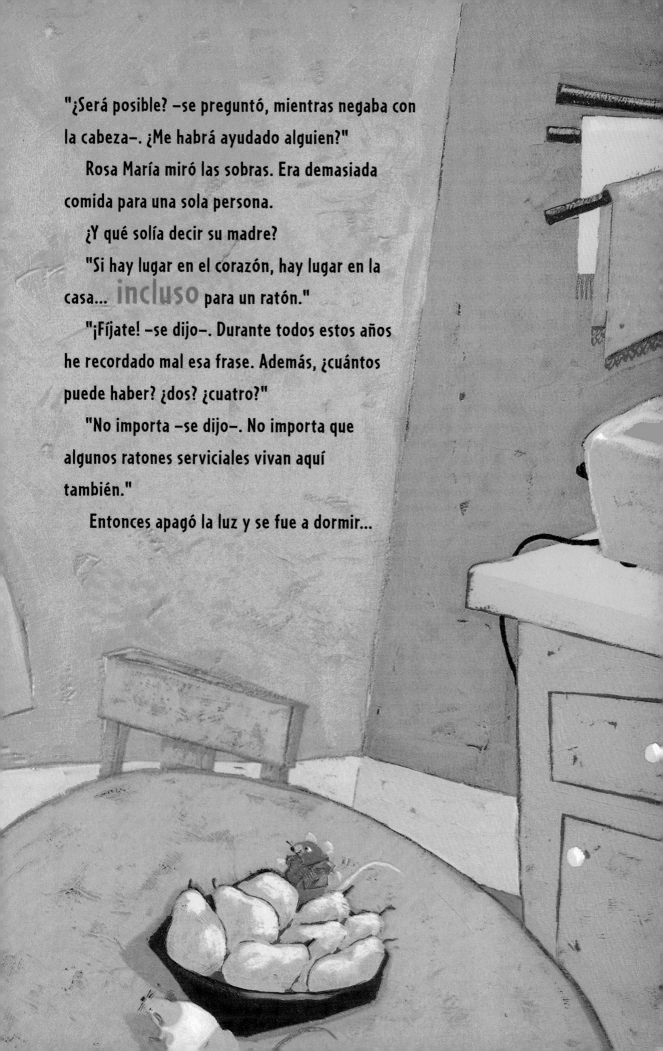

...y nunca más volvió a poner

una ratonera.

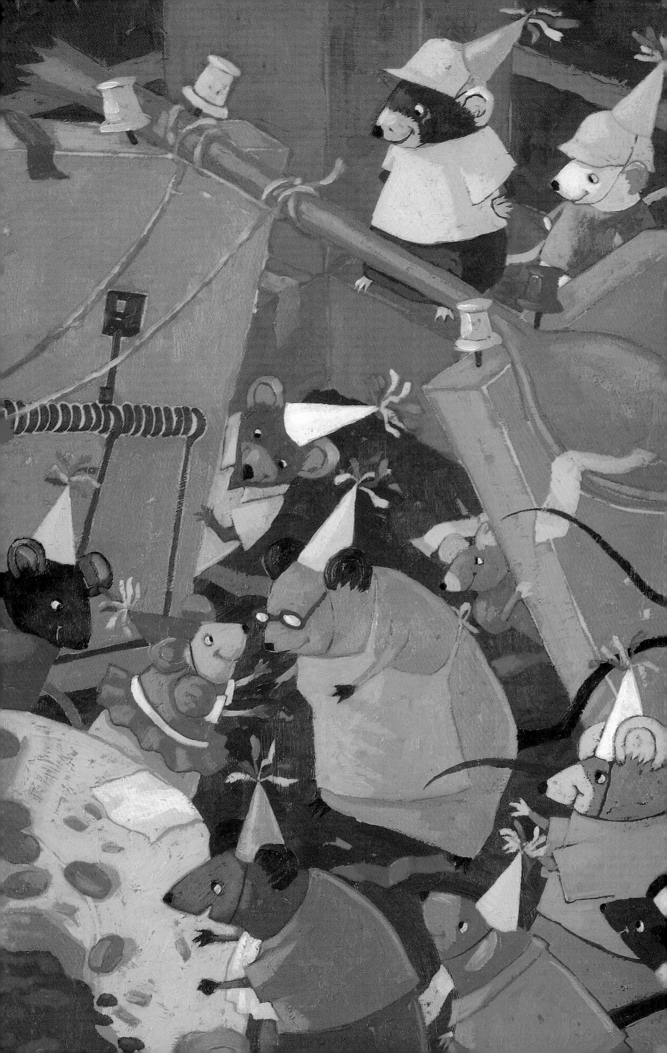

A la familia Goe:
Steve, Susan, Ben y Peter,
nuestros vecinos,
dondequiera que vivan.
— P.M.R.

A la memoria de Abuelita,
María Dionicia Silva Magdaleno de Arévalo,
y a su hija, mi madre, Rosa María.
— J.C.

Originally published in English as *Mice and Beans*.

Translated by Nuria Molinero.

ISBN 0-439-31737-1

Library of Congress Cataloging-in-Publication data available.

12 11 10 9 8 7 6 5 4 3   3 4 5 / 0

Printed in the U.S.A.   14
First Scholastic Spanish printing, September 2001

The display type was set in Treehouse.
The text type was set in 16-point Cafeteria.
Book design by Marijka Kostiw

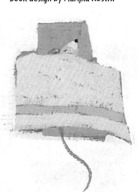